從瑣細的日常生活中，窺探當時的社會民生，以及曾經在這片土地上發生過的人事物的故事，並透過圖片來看我們的歷史變遷。

漢陽一七七〇年

著者／鄭勝謨
繪者／姜姈志
譯者／曹玉絢

發行人／林載爵
叢書編輯／梅心怡

出版者／聯經出版事業股份有限公司
地址／台北市基隆路一段180號4樓
電話／(02)87876242轉211
聯經網址／www.linkingbooks.com.tw
電子信箱／linking@udngroup.com

2014年10月初版
ISBN：978-957-08-4460-3
定價：新臺幣 380 元

Original Korean language edition was first published in 10 May 2012
under the title of 한양 1770년 (*Hanyang in 1770*) by BORIM PRESS

到朝夕市買菜或木柴

漢陽有朝夕市（即早晚市），也就是只有在清晨和夜晚營業的市場。其中較大的市場有東大門附近的梨峴坡和南大門外的七牌。梨峴坡以販賣蔬菜為主，七牌則因靠近漢江渡口，以新鮮的魚貨而聞名。

奴婢等同主人的手腳

奴婢可分為隸屬於官廳的官奴婢與私人擁有的私奴婢，除了直接為官廳或主人工作外，有些奴婢還可以從事別種職業，但每年必須向主人繳納貢金。
奴婢和奴婢婚後所生的子女仍為奴婢身分，但奴婢若與良民通婚，子女的身分就會成為問題。在英祖統治期間，依當時的法律規定，子女需繼承母親的社會階層。

脖頸兒黑的是賣水芹的，臉黑的是賣蝦醬的。

在都城附近有許多農田，種植著漢陽人最愛吃的水芹、蘿蔔、白菜、芋頭等蔬菜。從麻浦渡口進來的船隻，則滿載著產自西海的醃漬海鮮。
這句俗諺的由來，據說是因為賣蝦醬的小販都是在黎明時分，迎著陽光從西邊的麻浦進入城內，所以整張臉都曬得黑黑的，而賣水芹的卻是從東邊的往十里背向陽光而來，以致只有脖頸兒被曬得很黑。

北村

北村的晨景

上流住宅由多棟建築組成，占地也極為廣闊。

從高出圍牆的擎天大門，即可看出是有錢有勢的兩班人家。靠近大門的行廊房，是奴婢或長工的住處。穿過行廊內院，最先映入眼簾的舍廊房，是男主人的日常起居處，而位於舍廊房後方的內宅和別堂，則分別是女主人和女兒居住的地方。此外，因為是講究規矩、注重祭祀的兩班人家，還有供奉祖先牌位的祠堂，以及存放穀物與各種物品，空間相當寬廣的庫房。

市廛販售的物品

① **綢緞**——從中國進口，在立廛所販售的高級綢緞，也是市廛中首屈一指的商品。
② **柿餅、核桃、紅棗、松子**——在專賣果物的隅廛中，冬季最具代表性的商品。
③ **月梳、篦子**——先用寬齒的月梳將頭髮梳開，再以密齒的篦子梳理，可使頭髮更整齊光滑。
④ **簪子、步簪、釵**——婦女戴在頭上的髮飾。
⑤ **針、線、頂針**——一般百姓都是親自縫製衣服，所以針線用品極為重要。
⑥ **玉春糖**——舉行祭祀或宴會時，堆疊擺設於桌上的一種糖果。通常在白糖廛中，與麥芽糖一起販賣。

⑦ **明太魚乾、黃魚乾**——東海岸的明太魚乾和西海岸的黃魚乾，是魚物廛的代表性商品。
⑧ **佩飾**——繫在衣結或裙腰上的飾物，一束流蘇的叫單作佩飾，三束的叫三作佩飾。
⑨ **網巾匣**——收藏網巾的匣子，網巾是一種圍在額頭上，用來固定髮髻的網狀物。
⑩ **革履**——依鞋尖和鞋後跟的花紋，分為太史鞋、雲鞋等。
⑪ **詩箋紙**——經過染色或印有紋樣，看起來既美觀又雅緻的信紙。
⑫ **暖帽**——冬天戴的帽子，以綢緞製成，帽沿綴有貂毛。
⑬ **煙袋**——煙桿長的叫長竹，短的叫短竹。
⑭ **雞**——雉鷄廛除了販賣雛雞和雉雞肉外，還會飼養雛雞來取得雞蛋。
⑮ **黃銅碗**——鍮器廛所販售的黃銅製品有碗、燭臺、香爐等。
⑯ **小銅鍋**——只煮一兩碗飯時所使用的小鍋，可直接端上桌食用。
⑰ **胭脂**——紅色的化妝品，可塗抹於臉頰和嘴唇。
⑱ **燭臺**——附有擋風片的燭臺，還有可以用來挑燭蕊或熄滅燭火的夾子。
⑲ **提燈**——吊掛在提把上，可提著走的燈籠。

遍地都是市場，處處都有店鋪

▶市廛中首屈一指的六注比廛

市廛中名列前茅的六注比廛，又稱六矣廛，通常是指立廛、綿布廛、綿紬廛、苧布廛、紙廛及魚物廛。

立廛又稱線廛，主要販賣從中國進口的高級綢緞。綿布廛專售木綿和銀子，綿紬廛專售抽繭取絲織成的綿紬布料，而苧布廛是販賣苧麻布，紙廛則是販賣紙張。

六注比廛並非一成不變，隨著時代的變遷，有時也會將布廛、青布廛，或是如雨後春筍般冒出的魚物廛納入其中。因此經常會有易店換主、店鋪數量增加的情形。

鐘路

茵席廛 蓆子
清蜜廛 蜂蜜
米廛 米、糯米、小米、黍米、綠豆、豌豆、紅豆
真絲廛 綢緞絲、帽帶、繡囊繩帶
苧布廛 苧麻布
床廛* 雜貨類

生鮮廛 鮮魚
雉鷄廛 雛雞、雉雞
砂器廛 瓷器
煙竹廛 煙袋
隅廛（毛廛） 水果
煙竹廛 煙袋
床廛*

綿紬廛 綿紬
綿布廛 木綿
紙廛 紙張
綿子廛 棉花

所謂市廛是指朝鮮於開國初期，在鐘路和南大門一帶興建了許多房屋，以收稅的方式租借給商人而形成的常設市場。市廛商人除了供應王宮或官廳所需物品，並將生活必需品賣給漢陽居民外，最引人注目的就是，可以取得特定商品在都城內的獨賣權。

然而，邁入朝鮮後期，隨著漢陽人口的增加，商業的蓬勃發展，市廛的數量也逐漸增多。自17世紀到18世紀後半為止，不僅從原本的三十餘個暴增至一百二十多個，競爭對手民間市場更是快速成長。從外地運送到漢陽的商品，已非市廛商人所能壟斷，還會賣給其他的商人，甚至還有愈來愈多的商人，開始販售在市廛中買不到的商品。結果也導致一些無許可的亂廛趁勢而起，其中位於東大門附近的梨峴坡和南大門外的七牌，更是與鐘路的市廛並列為漢陽三大市場。

此外，由於原本以漢江流域為活動據點的京江商人，也開始親自掌控商品的進貨量，並在全國各地往返經商。再加上還有許多向富戶借貸數萬銀兩，直接到產地搶購暢銷的魚貨，再運至漢陽販售而大賺一筆的商人。因此與市廛商人之間的磨擦也愈發頻繁，尤其近來漢陽的商權競爭更是日趨激烈。

取消市廛的獨賣權

國家發給市廛獨賣權的原因，主要是為了防止因中盤商過多而造成的物價飆漲，並避免經商的人愈來愈多，從事農耕的人卻日益減少。

然而，隨著人口的增加，商業的發達，卻也衍生許多問題。因為若要在漢陽都城內做生意，就只能從市廛進貨的緣故，市廛商人的利益固然獲得保障，但其他商人卻是虧損連連。而且，一般百姓也因無法自由買賣生活必需品，物價又節節上漲，而深受其害、苦不堪言。

其後在英祖時期，大臣們雖已多次提出取消市廛獨賣權的建議。但直到1791年，正祖統治期間，開始實行辛亥通共，才正式取消了六注比廛以外其他市廛的獨賣權。

南大門路

避馬巷是位於鐘路市廛後面的一條小胡同，因為是百姓們為了避開騎馬出行的官吏所走的巷子而得名。在小巷兩側各種飯館、糕餅店、酒館、紅豆湯店林立，而餐飲店和酒館多，也是漢陽的特色之一。

酒館除了賣酒外，還兼賣平壤冷麵、開城串燒等全國八道各地著名的美食，因此也有不少人是專程為吃下酒菜而來。

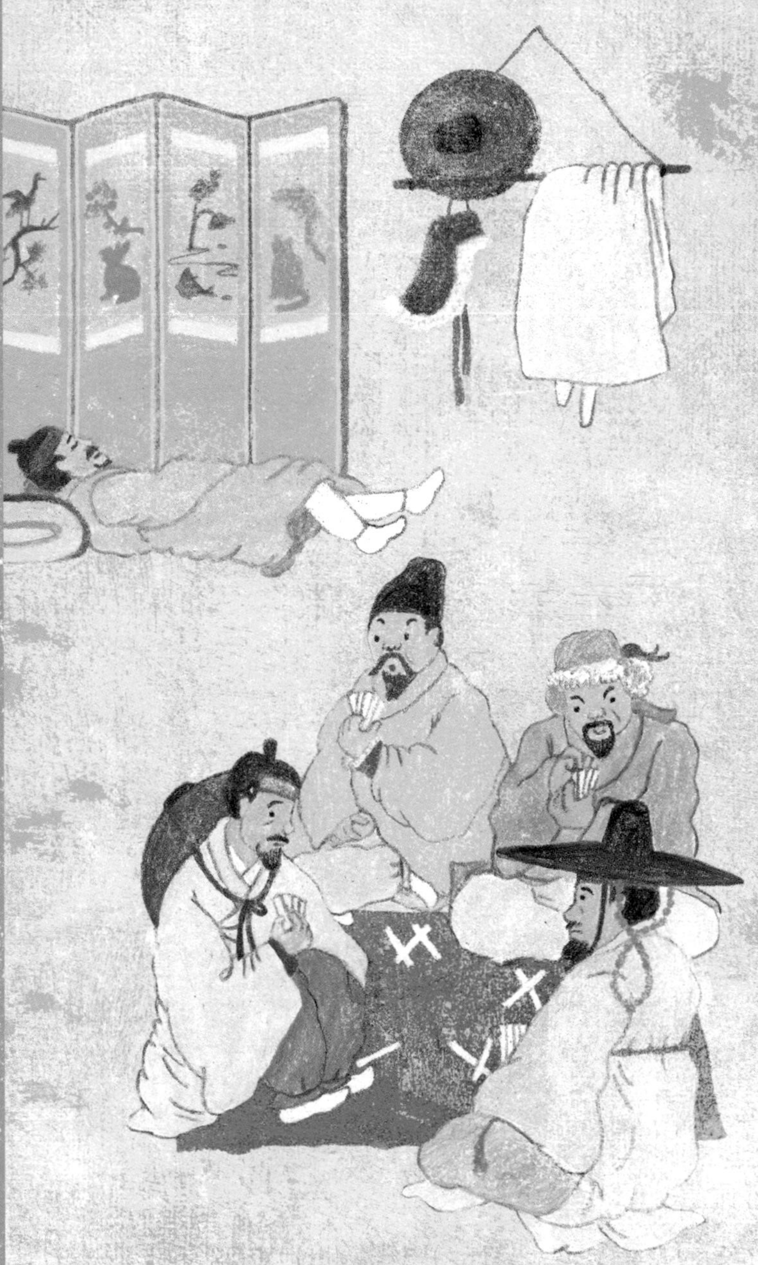

在飯館或酒館的後屋裡，有時也會開賭局。鬪牋是一種用厚紙片製成，上面繪有圖案或字句的紙牌進行的賭博遊戲。自從肅宗時期某位譯官由清朝帶入朝鮮後，沒過多久，便在全國流行開來。

此外，圍棋也同樣極受歡迎，甚至還會舉辦各種不同的圍棋大賽。每當有圍棋高手捉對廝殺時，都會吸引不少觀眾圍觀。

在鐘路開川北岸一帶，分布著許多匠人工作的工房。工匠們在冠帽店裡，正忙著把帽身和帽沿縫合成冠帽。帽身通常是用馬鬃做成，帽沿則是用削成細長的竹條編製而成。在製作過程中，必須一再重複以熨斗燙平、上膠黏合、刷塗墨漆、擦上生漆幾十遍，才能做好一頂冠帽。

尤其近來冠帽的帽沿，更是大到接近兩肩的寬度。繫帽的帶子一般多是以布帛製成，但有些富裕的兩班則講究用玉或瑪瑙、琥珀等寶石做成的珠纓。

寺黨牌（即跑江湖賣藝的雜劇團）正在開川岸邊，一面唱歌跳舞，一面表演技藝。男寺黨是敲著小鼓以招徠觀眾，女寺黨則是手持扇子穿梭在圍觀的人群中，開始挨個討取賞錢，這正是名符其實的街頭表演。

漢陽城內的廣大人數相當多，有些比較著名的說唱藝人還會被叫到喜慶人家，或聚會場合演唱助興，而慶祝狀元及第的遊行隊伍，也是以廣大們為前導。

城郭已成首爾人的散步道

過去圍繞在都城四周的漢陽城郭，現已變成首爾人在市中心一帶的散步道。由於既可以欣賞首爾的美景，又很適合散步做運動，同時也是非常熱門的文化遺址考察路線，不僅人潮往來頻繁，更是吸引不少學生前來參觀，這個被評選為史蹟第十號的首爾漢陽都城。

六曹大街和光化門廣場

現在仍有許多官廳位於六曹大街上，在光化門正前方的政府中央廳舍裡，有國務總理室、行政安全部、教育科學技術部、統一部等單位。原本刑曹所在的位置，如今已變成首爾人觀賞各種公演、展覽及典禮的世宗文化會館。從位於道路中央，煥然一新的光化門廣場放眼望去，可以看到在李舜臣銅像後方，豎立著世宗大王銅像，其後則是恢復原貌的光化門和北岳山。

圓月高掛在都市叢林上空

曾經擠滿低矮房屋的漢陽，現在已蛻變為高樓大廈遍布的首爾市。雖然整個市區已被密密麻麻的建築擠得毫無空隙，但首爾人卻尤嫌不足似的，又十層、二十層、三十層地不斷向高空發展。馬路上川流不息的車輛排放著廢氣，地底下的地下鐵發出噪音呼嘯而過，然而，即使在這樣的首爾夜空中，一輪圓月仍如既往般緩緩升起。